MARINA COLASANTI

Sereno mundo azul

Ilustrações
Elizabeth Builes

1ª edição
São Paulo
2023

© Marina Colasanti, 2022

1ª Edição, Global Editora, São Paulo 2023

Jefferson L. Alves – diretor editorial
Gustavo Henrique Tuna – gerente editorial
Flávio Samuel – gerente de produção
Elizabeth Builes – ilustrações
Equipe Global Editora – produção editorial e gráfica

Dados Internacionais de Catalogação na Publicação (CIP)
(Câmara Brasileira do Livro, SP, Brasil)

Colasanti, Marina
  Sereno mundo azul / Marina Colasanti ; ilustração Elizabeth Builes. – 1. ed. – São Paulo, SP : Global Editora, 2023.

  ISBN 978-65-5612-436-0

  1. Contos - Literatura infantojuvenil I. Builes, Elizabeth. II. Título.

23-148006   CDD-028.5

Índices para catálogo sistemático:
1. Contos : Literatura infantil   028.5
2. Contos : Literatura infantojuvenil   028.5

Tábata Alves da Silva - Bibliotecária - CRB-8/9253-0

Obra atualizada conforme o
NOVO ACORDO ORTOGRÁFICO DA LÍNGUA PORTUGUESA

Global Editora e Distribuidora Ltda.
Rua Pirapitingui, 111 – Liberdade
CEP 01508-020 – São Paulo – SP
Tel.: (11) 3277-7999
e-mail: global@globaleditora.com.br

 grupoeditorialglobal.com.br   @globaleditora

 /globaleditora   @globaleditora

 /globaleditora   /globaleditora

 blog.grupoeditorialglobal.com.br

Direitos reservados.
Colabore com a produção científica e cultural.
Proibida a reprodução total ou parcial desta
obra sem a autorização do editor.

Nº de Catálogo: **4607**

Sereno mundo azul

Sumário

Anel pequeno com pequena pedra	9
Cintilantes como trigais ao sol	17
Rei só fala uma vez	23
Um desejo nunca antes	29
Um punhado de terra	35
Três peras no prato	41
O ano em que	47
Atrás da janela entreaberta	53
Um palácio apertado	59
Uma pergunta, apenas	65
A água sem limites	71
O presente mais precioso	75
À beira do penhasco	79
Sereno mundo azul	85
E a noz se abriu	89
Sobre a ilustradora	94
Sobre a autora	95

Anel pequeno com pequena pedra

Não parecia um anel muito especial. Especial era aquele anel estar no dedo daquele homem. Porque o anel era fino e delicado, com uma pedrinha quase sem cor que, no momento em que esta história começa, se fazia azul ao refletir a luz do mar. E o dedo do homem era escuro e grosso, embora fosse o mindinho, porque em nenhum outro o anel caberia e, mesmo naquele, cabia só até o meio, retido pela última falange, galho menor enfeitado que saía da palma pesada com pele de tronco. O homem era marinheiro.

Era marinheiro e navegava naquele barco, um barco semelhante à sua mão. E no meio de tanto mar, distante de tudo como se estivesse perdido, ainda assim o homem usava o anel da pedra pequena.

Usava o anel da pedra pequena que sua pequena namorada havia-lhe dado, porque o amor era grande, mas se abrigava no escuro do peito e, para conseguir vê-lo, o homem se debruçava sobre o luzir da pedra.

O homem se debruçava sobre a pedra, e porque era marinheiro também se debruçava sobre a amurada do barco, e se debruçava do alto do mastro, e se debruçava sobre o mar e sobre o vento. E estando ele debruçado, talvez sobre um final de tarde, talvez sobre um amanhecer, o anel escorreu do seu dedo molhado, fugiu na água, se foi.

O anel se foi, afundando lentamente com sua pedra de mar. Até encontrar uma boca de peixe aberta, como se o esperasse. Sem mastigar, o peixe engoliu o anel, certo de ter abocanhado um peixinho menor, bom de comer.

Mas bom de comer o anel não era. E o peixe que o havia engolido foi obrigado a concentrar-se no desconforto que a presença estranha impunha à sua boca, desligando por instantes o alerta sempre presente em tudo o que vive. Quando a sombra escura pairou acima dele, já era tarde. Uma gaivota o colheu.

A gaivota que o colheu sobrevoou mar e terra levando-o no bico, e quando afinal se decidiu a engoli-lo, o pobrezinho abriu os dentes e o anel caiu em meio às couves que alguém ia levando ao mercado.

Quem levava as couves ao mercado olhava para a frente puxando o burro por uma corda e nem se deu conta do mínimo presente caído do céu.

Nem se deu conta, mas o presente lhe trouxe sorte. Vendeu muitos maços de couve naquela manhã. Uma mulher comprou o que continha o anel e, chegando em casa, lavou numa bacia as grandes folhas sobrepostas. Mas o anel era tão fininho com sua pequena pedra que, embora cuidadosa, a mulher não o viu. Eliminou uma aranha morta, o anel já no fundo da bacia, confundido com os talos, e, ao jogar fora a água da bacia no riacho que passava junto à casa, despejou anel e aranha juntos.

Aranha e anel foram-se entre pedras, levados pela correnteza, mas a aranha deve ter ficado retida em algum remanso porque, quando o riacho desaguou no rio mais caudaloso, só o anel revolvia-se entre espumas. Rio abaixo, uma lavadeira ajoelhada na beira úmida lavava camisas. E foi com espanto que, ao desenrolar uma manga embolada, deu com o anel retido no punho. A mão dela era pálida e encharcada como uma esponja, mas a lavadeira não hesitou. Enxugou a mão no avental, enfiou o anel no dedo e levantou a mão para admirar a quase centelha com que a pedra refletia o sol. Com aquela centelha, deu o trabalho por encerrado.

Deu o trabalho por encerrado naquele dia, mas, na manhã seguinte bem cedo, antes de ir ao rio, foi espalhar farelo de milho para as galinhas. E porque nunca havia usado anel no dedo, que o sabão fazia escorregadio, não percebeu quando deslizou da falange e foi atirado para as galinhas com o farelo. Sem demora, uma delas o confundiu com um inseto saboroso.

Confundido com um inseto saboroso, o anel não permaneceria muito tempo naquele papo morno. Há tempos, uma raposa ladina havia posto seu olhar oblíquo no galinheiro. A Lua ia alta quando, segura de que a lavadeira dormia depois de tanto esfregar, a raposa aproximou-se com patas ligeiras. Rodeou a cerca até encontrar uma falha entre os bambus por onde pudesse se meter. Enfiou focinho, a custo deslizou patas e ventre, espremeu a cauda e, num voejar de penas, apoderou-se da galinha.

Apoderou-se da galinha e a levou para a sua toca. A raposa era ladina, mas não tanto quanto achava. Distraída pela gula, não percebera que um caçador estava no seu encalço e vinha procurando suas pegadas entre folhas mortas. Como ela mesma havia feito com o galinheiro, o caçador rodou longamente entre os troncos do bosque. Até encontrar a toca que ela mesma havia cavado e deslizar o cano do fuzil para dentro. Ouviu-se um só disparo, que dois não eram necessários.

Dois disparos não eram necessários e teriam estragado a pele destinada a render bom dinheiro. O caçador meteu a mão na toca, arrancou a raposa de lá de dentro e a carregou ainda quente no ombro, cauda arrastando pelo chão, sangue gotejando ao longo do caminho. Chegando, deixou-a deslizar com um baque sobre a grande mesa onde esfolava os animais. Só quando o sol alto iluminasse a mesa, faria o serviço. Dia seguinte, nem esperou o sol iluminar a mesa. Faca na mão, abriu o ventre, e o que continha jorrou entre pelos vermelhos. Junto com penas e alguns ossos miúdos, encontrou o anel. O homem chegou a se perguntar como o anel, que agora brilhava na sua mão ensanguentada, havia ido parar na pança da raposa. Mas, sem resposta possível, decidiu dá-lo de presente à irmã.

Decidiu dá-lo de presente à irmã ignorando que aquele anel era o mesmo que ela havia dado como prova de amor e compromisso a seu namorado marinheiro antes do embarque. E surpreendeu-se ao vê-la empalidecer.

Foi só um instante. A moça logo transformou surpresa em ação. Escreveu uma carta ao namorado reafirmando o que lhe dissera à beira do cais, colocou o anel no envelope e o lacrou.

Anel pequeno com pequena pedra

    O marinheiro rompeu o lacre duas semanas mais tarde, depois de atracar em um porto. O anel deslizou obediente para a sua palma. Ele não pensou em milagre, não pensou sequer em sorte. Pensou em pertencimento e enfiou o anel na última falange do dedo mínimo como se nunca tivesse estado perdido. A pedra voltou a refletir a luz do mar.

    O marinheiro sabia que sua pequena namorada estaria esperando por ele na chegada. E agora estava certo de que, debruçado sobre o azul do anel, poderia mostrar-lhe o fundo amor que, durante tantos e tantos dias, levara oculto na escuridão do peito.

Cintilantes como trigais ao sol

Um velho de nobre família mora numa torre antiga que herdou, ainda jovem, de seus antepassados.

A torre é tão alta que o velho, agora com visão precária, não consegue ver onde acaba. Sabe que o teto é abobadado e pintado de azul intenso com tantos pássaros em voo, como se aberto para o céu. Sabe disso porque se lembra de tê-lo visto quando seus olhos ainda enxergavam ao longe.

O motivo dos pássaros se repete no piso de mosaico, onde uma águia de asas abertas impera.

É uma torre alada. Que ao alto começa a se esboroar.

Na torre mora outro ser de asas, um morcego. Que o velho se ilude de estar domesticando.

O velho dorme numa cama com dossel, quase tão antiga quanto a torre, colocada sobre o mosaico em cima de uma das asas da águia, porque o segundo piso há muito desabou numa nuvem de poeira.

O morcego dorme pendurado pelas patas no décimo quarto degrau de um resto de escada que, em outros tempos, subia em curva pela parede da torre.

Assim que o velho se deita para dormir, o que acontece pouco tempo depois de escurecer, porque o velho tem muito sono e não possui velas, o morcego desperta, abre as asas, voeja em círculos pela torre e sai pela janela do alto, sombra preta voando contra céu escuro.

Só voltará ao amanhecer, bem alimentado, justo a tempo de ver o velho se mexer na cama, pronto para acordar.

Como o morcego, também o velho se alimenta de frutas, às quais acrescenta o que planta e colhe em sua pequena horta. Cozinha legumes e folhas em fogo de lenha ao ar livre por medo de incendiar a torre e, com ela, os poucos móveis que são seus.

Assim vivem os dois, cada qual usufruindo da companhia do outro. Só o velho fala, porque o silêncio lhe pesa mais que a aparente solidão. Fala e canta como se cantasse para um papagaio capaz de aprender alguma coisa da letra, e não para um morcego.

O morcego envolto nas asas como em um casulo parece mudo, mas mudo não é. Pois, para orientar-se no escuro, emite sons inaudíveis para o ouvido humano.

Tudo teria continuado da mesma forma até a morte de um ou de outro, se não tivesse chegado o dia em que o velho, ao acordar, descobriu sobre o lençol um longuíssimo fio de cabelo louro. Cintilava como trigal ao sol, e foi este cintilar que atraiu a atenção sobre ele.

Era, pelo que o velho ainda se lembrava, um cabelo indubitavelmente feminino. Mas como, se nenhuma mulher havia estado na torre? Longe iam os tempos em que o velho podia se permitir à visita semanal de uma cozinheira. E, mesmo esta, prendia em coque seus poucos cabelos grisalhos.

O louro fio só podia ter chegado através do morcego. Fosse preso a uma das suas pequenas garras, fosse trazido nas asas. O velho perguntou-se aonde ia o morcego em seus voos noturnos e não foi capaz de responder. Só então deu-se conta do pouco, quase nada, que sabia do seu único companheiro.

Decidiu investigar.

Esperou a noite de lua cheia chegar, quando a luminosidade lhe permitiria acompanhar o voo do outro. Fingiu dormir, mesmo sabendo que o morcego nem olhava para ele, e se olhasse não o veria, fraco de visão como era. Ainda assim fingiu dormir, mais por dever de consciência que por outra coisa.

E tão logo o morcego voou em círculos dentro da torre, o velho saiu porta afora, bem a tempo de vê-lo sair pela janela do alto. E acompanhá-lo.

Durante toda aquela noite, o velho viu o morcego pousar em diversas árvores frutíferas e se fartar. O amanhecer já manchava a escuridão acima das montanhas ao longe quando o morcego saiu do pequeno bosque onde havia estado até então e tomou direção oposta.

O velho, embora exausto, foi atrás.

E viu, surpreso, o morcego entrar pela janela aberta de uma casa.

A porta não estava trancada, o que permitiu a entrada do velho. Andou alguns passos e logo deparou-se com a cena que nunca teria imaginado.

Uma mulher gorduchinha dormia sobre a cama, vestida apenas por seus longos cabelos louros, que a cobriam quase completamente, deixando apenas tornozelos e pés descobertos. E naqueles cabelos, o morcego se espojava.

Então, pensou o velho, era verdadeira a lenda que aconselha as mulheres a cobrirem os cabelos ao anoitecer para os morcegos não se enredarem neles. Os morcegos se enredam porque gostam, pensou ainda o velho.

Sentia-se tão cansado e os cabelos da mulher pareciam tão acolhedores. Sem acordá-la, deitou-se a seu lado. Compartilhando com o morcego os cabelos da mulher como compartilham a torre.

Ao primeiro raio de sol, levantaram-se os dois e regressaram. O velho à sua cama com dossel, o morcego ao décimo quarto degrau do resto da escada que ainda sobe em curva.

Na primeira visita do morcego, a mulher havia-se assustado com a estranha presença. Mas aos poucos começara a esperá-lo. Morava sozinha, não tinha a quem querer bem. Assim como o velho, a mulher passou a querer bem ao morcego.

A partir daquela noite, será sempre assim. Com uma variante apenas, o velho já sabe aonde vai o morcego quando anoitece, não precisa mais da luz da Lua, porque não precisa mais acompanhá-lo. Vai direto à casa, empurra a porta que nunca está trancada e deita-se ao lado da mulher, aspirando fundamente o perfume que emana dos cabelos dela. Espera o morcego chegar. E juntos regressam ao primeiro raio de sol.

Agora o velho tem mais uma tarefa com que se ocupar. Mais de uma vez ao longo do dia, retira da sua roupa longos fios louros, cintilantes como trigais ao sol.

Rei só fala uma vez

Desejando abrir um ponto de repouso para o olhar na dura parede de sua sala de despachos, o monarca daquele país do Oriente mandou chamar o pintor mais famoso do reino e encomendou-lhe um quadro. Que fosse de peixes – exigiu – para trazer sorte e frescor às reuniões.

Esperou o tempo que lhe pareceu necessário para as pinceladas que dariam harmonia a escamas e guelras.

Depois, como o pintor demorasse mais que o desejado, duas ou mais vezes enviou emissários à casa do artista. Que, depois de muito procurar, só foram encontrá-lo à beira do rio, não com pincéis e tintas nas mãos, mas entretido com uma vara de pescar.

A cada vez, a ira do monarca dissolveu-se entre as muitas tarefas impostas pela Coroa.

E o dia chegou em que, afinal, o pintor fez-se anunciar. Montado em um burro, adentrou o pátio do palácio debaixo de muitos olhares. Trazia às costas um grande volume retangular, coberto com panos e atado aos ombros com cordas de palha. O quadro!

Mas quando, reunida a Corte, pousado o quadro no cavalete, o desnudou quase ritualmente para apresentá-lo ao seu senhor, decepção, não havia nenhum peixe pintado! O que se via sobre a tela era uma mansa paisagem através da qual serpenteava um rio.

– Fui muito claro na minha encomenda! – exclamou o monarca em fúria, levantando-se do trono para estremecimento da Corte. – O Rei só fala uma vez!

– Não haveria de entregar peixes mortos para tão alto senhor – respondeu o pintor com suavidade. – Pouca vida teriam os peixes sem seu traje de água. Os peixes que solicitou estão vivos, nadando na fria correnteza que atravessa a paisagem.

E inclinou-se em subserviência.

Mas mesura e suavidade de nada lhe valeram. Desobedecer a ordens emanadas do Rei era crime punido com a morte.

Convocado, o carrasco afiou o machado coruscante. E a cabeça do artista até então mais famoso do reino desabou no cesto.

Não à toa, entretanto, sua pintura havia sido tão louvada, e seus quadros colocados no topo, acima dos de outros inumeráveis pintores.

A paisagem sobre o cavalete emanava uma paz tão intensa que, passados alguns dias e já tendo encomendado ao pintor oficial da Corte o desejado quadro de peixes, o monarca mandou que fosse pendurada numa parede secundária.

Desta vez, não houve delongas na execução do quadro de peixes. O medo do machado imprimiu velocidade aos pincéis, e a entrega ritual foi anunciada com grande rapidez.

Diante do monarca, dos dignitários e damas reunidos na sala de despachos, o pintor da Corte tirou o lençol que cobria a pintura dos peixes, pousada sobre o mesmo cavalete que abrigara a paisagem. Acostumado que estava a obedecer e a interpretar os desejos do seu Rei, havia pintado exatamente o que este queria. Dois peixes despidos de água pareciam flutuar sobre a tela, exatas todas as escamas, perfeitas as nadadeiras, um brilho intenso nos redondos olhos.

Os dignitários, que olhavam de esguelha o monarca para captar sua reação, o viram sorrir satisfeito. Foi o sinal para que todos sorrissem com entusiasmo redobrado e, num virar de cabeças, comentassem uns com os outros a suprema beleza que tinham diante dos olhos. Algumas damas chegaram até a bater palmas. O quadro havia sido fartamente aprovado.

E, porque aprovado, deu-se ordem para que fosse logo pendurado na parede nobre, oposta à da paisagem.

Deixemos que um tempo, breve, passe nessa história.

Passado esse tempo, aconteceu que uma mosca viesse pousar no quadro dos peixes. Não demorou e, como se convocadas, pousaram mais duas. Depois três.

Um certo cheiro começou a fazer-se sentir na sala de despachos.

E foi justamente levando ao nariz o lenço perfumado de sândalo para mitigar o odor que, num relance, o monarca viu no quadro da paisagem um peixe saltar, vivo e cintilante, acima da clara água do rio.

Um desejo nunca antes

Rastejava entre arbustos e capim alto em busca de ave ou coelho a acrescentar à sua refeição quando, com súbito assombro, deparou-se com uma cabeça de mulher bem plantada sobre o pescoço.

– Olá! – cumprimentou-o a mulher com um sorriso.

– Olá – respondeu o moço depois de alguma hesitação.

– Que bom ter alguém com quem conversar. – disse ela. – Ando tão sozinha!

Ele pensou que o verbo "andar" não se aplicava, mas evitou dizê-lo para não ser grosseiro.

Em vez disso, esquecido de ave ou coelho, deitou-se sobre os cotovelos para estar à altura da sua interlocutora.

Conversaram bastante naquele dia. E, ao se despedirem, ele prometeu voltar no dia seguinte.

Pôde cumprir a promessa, porque tinha marcado o lugar exato onde a encontraria. E voltou naquele dia, e no outro, atraído por aquela voz e aquele sorriso. No quarto dia, deitou-se ao lado dela, com as mãos debaixo da cabeça. No quinto dia, ela pediu que lhe trançasse os cabelos espalhados ao seu redor. O moço não havia trazido pente – e por que o traria? –, mas os cabelos eram tão sedosos que os penteou com os dedos e os trançou. Que farta trança resultou!

No sexto dia, ele ousou perguntar-lhe se gostaria de ser levada à sua casa, onde cuidaria dela. Um sorriso radiante foi a resposta.

Mas quando o moço, com quanta delicadeza, botou as duas mãos ao redor do queixo para levantá-la, percebeu que o pescoço estava firmemente enraizado no chão. Ir até em casa e voltar com uma pá não demorou mais que o necessário. Cavou com grande espaço ao redor para não magoar as raízes. Depois carregou a cabeça no colo, plantou-a num vaso de barro e borrifou água na terra.

À noite estavam ambos cansados e dormiram fundo, ele na cama, ela ao ar livre para aproveitar o sereno.

Conversaram muito nos dias que se seguiram. Um novo sentimento foi se entretecendo de uma conversa a outra. E quando o sentimento esteve maduro, ela desejou o que nunca havia desejado antes, um corpo de mulher.

Demorou algum tempo para ela expressar em voz alta seu desejo. Quando o fez, refletiu-se como um espelho no que ele havia desejado.

Um desejo nunca antes

Uma solução fazia-se necessária. E coube a ele, já que podia se locomover.

Indagou na aldeia e, tendo sabido que um velho com dons de magia vivia em uma gruta a dois dias de distância, encilhou o cavalo, transferiu a mulher para o espaço aberto cuidando que estivesse protegida por sombra, e partiu.

Cavalgou, cavalgou, cavalgou. Longa viagem era aquela. Quando, afinal, viu clarão de fogueira refletido pela rocha, soube que havia chegado. Apeou, lavou-se – há que estar limpo para ter acesso ao maravilhoso –, dirigiu-se ao ancião e partilharam a sopa de ervas que ele havia cozinhado.

Só depois do jantar modesto, o velho mago murmurou algumas palavras e estendeu um lençol no varal diante da fogueira. Aos poucos, como sombra que lentamente se adensa, um corpo de mulher foi aparecendo no lençol. Quando a fogueira se apagou, e com ela o reflexo, os dois foram dormir.

Na manhã seguinte o moço agradeceu ao ancião, encilhou o cavalo e novamente cavalgou, cavalgou, cavalgou.

A magia viaja pelo ar, bem mais veloz que cascos de cavalo. À chegada, a mulher esperava por ele na porta de casa.

Mas à noite, acesas as velas e entregue o relato, ambos repararam numa ausência. O feiticeiro havia, sim, dado corpo à mulher, mas esquecera de dar-lhe sombra. E, sem sombra, ela sentia-se incompleta. Tristeza habitou aquela casa à luz de velas.

Um desejo nunca antes

Uma solução fazia-se necessária. E coube a ele, já que sabia como fazer o que tinha que ser feito.

Pegou agulha, linha e começou a bordar na parte baixa de um lençol, onde os pés encostariam, uma sombra feminina que ia esmaecendo. Bordou durante muitas horas, arrematou o ponto e cortou a linha com os dentes, como se beijasse o tecido.

Em seguida, com muito cuidado, estendeu o lençol sobre a cama em que deitaria a mulher que o havia escolhido.

Um punhado de terra

É jovem, bem jovem aquele moço que, em busca de melhor destino, deixa a casa onde nasceu. No rosto a barba ainda é nova, nos bolsos não tilinta dinheiro, na cintura leva presa uma sacola que encheu de terra antes de partir.

Durante o dia caminha. Não sabe exatamente qual a melhor direção, mas tem certeza de que o mundo está adiante. E tem pernas fortes para alcançá-lo. Bebe água dos arroios, come o que trouxe, o que colhe, o que porventura caça. Descansa à sombra. À noite, deita a cabeça sobre a sacola e se sente reconfortado junto à terra que é sua e que lhe acolhe os sonhos.

Anda no calor e anda no vento, percorre caminhos, sobe e desce encostas, cruza um rio saltando de pedra em pedra, outro com água pelas coxas.

Amarrou o cabelo para trás e está atravessando um bosque escuro, no entardecer em que um salteador pula à sua frente. Exige dinheiro ou qualquer coisa que possa lhe ser útil. Mas o jovem nada possui, além da sacola que leva à cintura.

– O que tem aí dentro? – pergunta o salteador, arma na mão.

– Um pó mágico – responde o moço –, que me tira os maus pensamentos e me livra do cansaço.

E vendo a cobiça acender-se nos olhos que o encaram, solta o cordão que fecha a sacola, afunda a mão na terra e deixa escorrer um punhado dela na mão em concha que o outro lhe estende.

Algum tempo passara depois disso. O rapaz vestiu pele de bicho para aquecer-se no inverno, curtiu sua própria pele na intensidade do verão. É outono e, assim como a manhã, ele avança com passos macios sobre as folhas caídas quando, saindo de uma bifurcação, um homem emparelha com ele no caminho. Um sinal de cabeça, poucas palavras, e lado a lado seguem até a hora da fome.

É então, sentados na proteção de um olmo, divididos em partes iguais o pão de um e o queijo do outro, que o desconhecido pergunta pela sacola na qual havia reparado desde o início.

– O que levas aí dentro?

– Um pó mágico – responde o moço. E lembrando dos trigais em que submergia quando menino, acrescenta: – Um pó que se transforma em ouro.

A faca com que se cortou o queijo cintila, repentina, no punho fechado do homem.

Sem que nada seja dito, o moço afrouxa o cordão da sacola, afunda a mão. E deixa escorrer na palma estendida do outro um pouco do conteúdo.

O tempo tem passos mais constantes que os do moço. E o leva a parar em aldeias, a se deter em uma ou outra casa empenhado em consertar um telhado ou em alinhar um batente, o detém para beber a um poço ou sentar-se a uma mesa. E o leva a encontrar pessoas, a conhecê-las ou apenas cruzar seus caminhos. A barba dele já não é nova, fez-se áspera sobre o rosto.

Nunca viu antes a mulher que agora vem, com um menino, atravessando a mesma ponte que ele cruza. Mas lhe dirige a palavra, porque está com fome e pensa como seria bom comer dois daqueles ovos que ela leva num cesto.

– Boa mulher, quanto custam esses ovos?

– Mais baratos do que o dinheiro que leva na sacola.

– Dinheiro nenhum – responde ele sorrindo amplo. Olha o menino que se abriga junto à saia da mãe, lembra de quando também era menino lá na sua terra, e acrescenta: – O que tenho é um pó mágico. Que me faz rejuvenescer.

Para a mulher que já não é tão jovem, o pó parece mais precioso que qualquer dinheiro. E recebendo o seu punhado numa mão, lhe entrega os ovos com a outra.

Vai o moço rumo aos dias seguintes. E muitos passam antes de chegar à pergunta que lhe faz o camponês com quem durante dias trabalhou na vinha. Ele também quer saber o conteúdo da sacola.

– É um pó mágico. Com que construo meus castelos.

O homem não entende que castelos são esses de que o outro fala e nada pede. Mas, porque trabalharam juntos e o camponês o deixou dormir na sua casa, o moço que já não é tão moço lhe dá de presente um pouco da terra que alimentou todos os seus sonhos. Depois, bebem juntos o sumo das videiras.

Aos poucos, a sacola vai ficando vazia. Mal dá para apoiar a cabeça à noite.

Sobra ainda um punhado, naquela tarde de tempestade em que, com outro viajante, busca abrigo numa cabana abandonada. A ventania se mete pelas frestas que são tantas, a cabana estremece como se pronta a desabar, os dois homens se protegem envoltos nas pelerines. Depois, de repente, a calmaria. O sol ainda úmido toma o lugar do vento entre as frestas, os homens aquecidos afastaram as beiras das pelerines.

– Para que te serve essa sacola murcha tão bem atada à cintura? Ainda tem ali alguma coisa? – pergunta o viajante.

– É o resto de um pó mágico. Que me serve de bússola e me indica o caminho de casa.

– Bússolas são úteis para quem viaja – diz o viajante.

Um punhado de terra

O moço pensa que para ele chegou o fim do tempo de viajar. Viu muito céu, pisou muito chão. Está pronto para se estabelecer, construir sua própria casa, ancorar o barco da vida.

Mais lentamente que das outras vezes, solta o cordão da sacola, pega um último punhado e o dá ao outro.

À noite, à hora de deitar, nada resta na sacola. Ele derrama na palma aberta o pouco pó que sacode do fundo, volta-se na direção da sua aldeia distante e sopra com força. Que sua terra volte para casa. Não precisa mais dela. Já a leva entranhada na carne e na memória, pode sonhar sobre outros travesseiros sem medo de perdê-la. Cobre-se com a pelerine, deita a cabeça sobre o bornal. E fecha os olhos para dormir.

Três peras
no prato

Houve uma manhã, certamente houve embora já não se saiba exatamente qual, em que aquele monarca acordou com sede.

Não uma sede qualquer, mas uma sede espantosa que nada parecia aplacar. Água foi trazida a princípio, em copos, como de costume. Logo, tendo-se demonstrado insuficiente, em jarras. E, por fim, em grandes baldes de prata.

A boca do monarca continuava seca.

Recorreu-se, então, ao vinho, branco e tinto, seco e licoroso. Mas, embora girasse a coroada cabeça, o deserto continuava a lhe habitar a garganta.

Todos no castelo se agitavam. Os mordomos nos aposentos mais nobres, os camareiros um andar abaixo e, por fim, nas copas, nas cozinhas, nas despensas, os cozinheiros, os assistentes, os lavadores de pratos. Um incêndio não teria causado maior rebuliço. E quase de um incêndio se tratava, embora limitado às entranhas reais.

O rapaz estava na estrebaria escovando cavalos. Os murmúrios, os passos, as ordens, o abrir e fechar de portas, o ranger da polia e o bater dos baldes na beira do poço, amalgamados em um único som, entraram estrebaria adentro como um vento, atingindo o rapaz pelas costas.

– Que som era aquele? – surpreendeu-se. E, assim como poderia separar fio por fio de um punhado de feno, desfez aos poucos aquele novelo sonoro até descobrir o que continha.

– Só isso? – perguntou-se. Saiu da estrebaria e foi até o canto de sua pequena horta onde, havia tempo, plantara três sementes. Colheu os frutos da única planta que vingara. Colheu três, um para cada semente.

Na azáfama em que a cozinha do palácio estava mergulhada, ninguém se ocupou dele. Que colocou os frutos em um prato de louça e foi levá-los ao Rei.

Não o deixaram passar do primeiro degrau da escada.

– Este rapaz está sujo – disseram. – Muito malvestido. E um prato de louça não é adequado à Sua Majestade Altíssima!!! – Tudo parecia impossível.

Nos frutos, ninguém reparou.

Porque era valente e jovem, o moço misturou-se aos cuidadores das despensas reais. E esperou.

A noite já chegava quando, exaustos todos depois de tantas corridas e tantas frustrações, conseguiu esgueirar-se atrás de um reposteiro, rastejou escondido por um sofá, aproveitou o anteparo de um biombo, andou a quatro patas por baixo de uma longuíssima mesa, subiu as escadas com rapidez de gato e chegou, portando prato e frutas, diante do Rei.

Para a primeira pera, Sua Majestade convocou o mordomo e ordenou que a descascasse. Com o sumo ainda escorrendo pelo queixo, mandou apenas lavar a segunda. E a outra comeu rapidamente, assim como tinha vindo, ainda perfumada de sol.

– Que delícia! Que maravilha! Que sumo, que suco, que caldo, que néctar!!! – exclamava mastigando.

– Isso – disse por fim, quando no prato só restavam os três miolos – é verdadeiramente o líquido sólido!!!

Pausa, preenchida pelo sorriso do moço.

– E de onde vem essa estupefaciência? – indagou o potentado, já cheio de intenções.

– Do meu pé de pera! – foi a orgulhosa resposta.

– Não, não, meu jovem. Seu pé de pera não existe. Pois se tudo o que há em meus domínios me pertence, inclusive você, o que temos não é seu pé de pera, mas o meu pé de pera. O pé de pera que, a partir de agora, como bem da Coroa – a voz do Rei, até então persuasiva, se fez categórica –, passa a ser denominado Pereira Real!

Pausa, preenchida pela surpresa, logo espanto, do moço.

— Entretanto — a voz voltara ao tom bonachão — minha extrema generosidade me obriga a recompensá-lo.

E, voltando-se para ministros e funcionários que haviam-se aproximado atraídos pela cena:

— Que lhe sejam dadas seis moedas de cobre, duas para cada pera.

Com seis moedas de cobre, o moço, que nunca havia tido qualquer moeda na mão, sentiu-se rico. E porque se sentia rico, ousou pedir em casamento uma certa moça do reino ao lado, que há muito olhava com encantamento.

Pago o almoço de bodas, pagas as janelas e o telhado da nova casa, ainda sobravam duas moedas.

Com as quais o moço comprou um quadrado de terreno e três mudas de pé de pera.

Enquanto isso, o monarca tomava suas providências.

Um pé de pera real não é um pé de pera qualquer. Ordenou que ao seu redor fosse erguida uma estufa, nada de ficar ao relento, exposta aos desejos inconstantes do tempo. E nada também de adubo. Sobre as raízes da sua pereira não pousaria nenhum mau cheiro, só haveriam de ser deitadas perfumadas pétalas de rosa.

Cresciam no quadrado do moço os pés de pera adubados com o generoso esterco dos cavalos reais, tão bem tratados, tão fartamente alimentados. Logo dariam frutos.

Trancada em sua estufa elegante, onde sopro de vento não chegava nem passeavam sol e lua a seu bel-prazer, a Pereira Real definhava, fazia-se magra, folhas mortas misturadas às pétalas de rosa sobre suas raízes. Na próxima estação, seus frutos seriam poucos e minguados.

E assim, quando a estação chegou, aconteceu que o moço passasse a vender suas peras suculentas aos jardineiros do Rei, e que estes as repassassem aos reais cozinheiros para que fossem servidas à Sua Majestade como sendo da sua real pereira.

Orgulhava-se o Rei do néctar suculento, louvavam-se os jardineiros.

Que não conseguiam entender por que, agora ganhando bem mais do que moedas de cobre, fizesse questão o dono daqueles produtivos pés de pera de continuar trabalhando como moço de estrebaria. Haviam esquecido, os que agora espalhavam pétalas, que estar metido até os joelhos em esterco garantia ao jovem sua fortuna.

O ano em que

O frio começou cedo naquele ano. Ainda no outono, as folhas não tiveram tempo de amarelar na copa das árvores. Crestavam no gelo da madrugada e caíam sem voltear. Pássaros também caíram, asas fechadas como mortalhas. No bosque, todos souberam que quando a neve chegasse seria alta. E assim aconteceu.

Aquele foi o ano em que o lobo solitário devorou o pastor.

No branco, nenhuma pegada. Os animais estavam recolhidos em ninho, toca, cova. Alguns hibernavam, outros haviam feito provisões. Nenhum se atrevia a enfrentar o exterior.

As ovelhas também estavam recolhidas na proteção do redil. E o lobo, à espreita. Mais de uma vez viu o pastor entrar e sair levando o balde de leite que havia ordenhado. Na manhã em que foi sem o cão, saltou-lhe em cima.

O leite morno derramado derreteu a neve, mas, branco sobre branco, nada revelou. O sangue, sim, era mancha gritante.

Com a carne que arrastou para longe, congelada pela neve, o lobo alimentou-se por bem mais de um dia. E isso lhe permitiu sobreviver.

Chegada a primavera, o lobo foi até a casa do pastor e bateu à porta. A mulher veio abrir.

– Soube que a senhora ficou viúva – disse o lobo compungido – e vim oferecer meus serviços para o cargo de pastor.

Mesmo sem saber que estava diante do responsável pela sua viuvez, a mulher surpreendeu-se com a oferta. Aquele parecia ser o candidato menos indicado.

– Fui escorraçado pela minha matilha. – disse o lobo baixando as orelhas para demonstrar sua mansidão. E em parte era verdade. – Preciso desse emprego para sobreviver.

Prosseguiu dizendo que conhecia todas as manhas dos lobos e que tinha autoridade sobre os cães. Levaria o rebanho ao pasto e o protegeria. Em troca, ou em pagamento, ela lhe daria dois cordeirinhos ou uma ovelha por mês. O resto da sua alimentação ele mesmo caçaria.

A mulher só havia aberto uma fresta da porta, e assim a manteve enquanto sopesava o oferecimento.

Não era uma má proposta, embora a estranheza. A viuvez pesava-lhe. Sabia que não conseguiria cuidar ao mesmo tempo dos filhos, da casa, da horta e do rebanho. O preço pedido parecia-lhe justo.

Sem tirar o pé da porta, aceitou.

A parceria revelou-se mais proveitosa que o esperado.

O lobo pastoreava e cuidava com eficiência das ovelhas. A mulher ordenhava. E uma vez por mês lhe entregava o lote combinado. No mais, o lobo caçava pequenos animais, coelhos, aves, ovos.

Uma intimidade crescente, quase amizade, foi se estabelecendo entre lobo e mulher. Aos poucos, ele começou a ganhar também pedaços de queijo, alguma sobra de carne, uma ou outra tigelinha de leite. Ela começou a ganhar lambidinhas na mão e abanar de rabo. Ele entrava na casa como um animal doméstico, deitava-se diante da lareira ou do fogão, atendia ao chamado da dona. As crianças haviam crescido, algumas não moravam mais na casa. Lobo e mulher faziam-se companhia.

Até aquele outono em que o frio chegou mais cedo. As folhas, na copa das árvores, não tinham tempo de amarelar, crestavam no gelo da madrugada e caíam sem voltear. Quando a neve viesse, seria alta.

E a neve veio.

O ano em que

Nenhuma pegada no branco, nenhum animal à vista, entocados todos. Impossível caçar o que quer que fosse.

Horta e galinheiro estavam soterrados na neve. Os alimentos escasseavam. A continuar assim, uma ovelha por mês não bastaria.

Então a mulher pegou a espingarda do marido que havia ficado pendurada acima da lareira. E fuzilou o lobo.

Sua carne foi salgada e, ao longo do inverno, alimentou a família, agora menor, permitindo-lhe sobreviver.

52

Atrás da janela entreaberta

Um passo a mais no seu caminhar, e o homem saiu da sombra e pisou na luz como quem atravessa fronteira. A sombra cortava a rua em diagonal e, ingressando no calor, pareceu ao homem trazer ainda em suas roupas cheiro de umidade.

Parado por um instante na poça de sol, viu num relance um vulto de mulher por trás da janela entreaberta de uma casa vizinha. Teve certeza de que olhava para ele. Mas a janela foi fechada, o sol acendeu o vidro em reflexos, e o homem não teve mais como saber se sequer havia visto uma mulher.

Não era um homem moço e vivia só.

A lembrança da mulher que talvez nem tivesse visto esteve com ele durante todo aquele dia. À noite, deitando-se, pareceu-lhe ter quase companhia. Pelo menos, tinha em quem pensar.

Pensou nela também nos dias seguintes. Porém, de tanto pensar, desgastou aos poucos a sensação primeira de um vulto de cabelos longos semioculto por uma janela. E percebeu que não tinha nada mais para pôr no seu lugar, nem um rosto nem, muito menos, um corpo. Dela tinha apenas uma presença indistinta que, tendo começado no canto do olho, ocupava agora seu pensamento por inteiro.

Ao amanhecer, foi colocar-se diante da casa. Não estava muito seguro de que fosse essa – tão iguais as casas daquela rua que era quase impossível distinguir uma de outra –, mas esperou o avançar da sombra até que, atravessando-se sobre os paralelepípedos, lhe dissesse qual o lugar em que a havia trocado pela luz como quem troca de país. As janelas das casas, entreabertas. E ninguém por trás delas. Fazia calor. Esperou por um tempo. Talvez ela estivesse lavando roupa, pensou depois.

As mulheres do povoado lavavam roupas no grande tanque coletivo ao lado da praça. Com as mangas arregaçadas sobre braços fortes, esfregavam, enxaguavam, batiam os panos. E o burburinho das suas vozes sobrepunha-se ao da água. Nenhuma delas o olhou.

Mas ele olhou todas, em busca de uma só. Nunca havia se detido sobre os rostos das mulheres, nem quando as encontrava em bandos no mercado ou à porta da igreja nem quando cruzava com uma ou outra sozinha. Era um homem respeitador. Tocava o chapéu em saudação e abaixava a cabeça. Se tanto, olhava por baixo da aba as saias longas que se moviam acompanhando os passos, escuras e casuais como se não ocultassem tesouros.

Dessa vez, porém, tinha vindo para olhar. Em cada rosto procurou aquele que não conhecia. Imaginou-se outra vez ofuscado pelos reflexos do Sol, colocou mentalmente um vidro entre si mesmo e cada um daqueles rostos. Qual daquelas bocas carnudas que se abriam em conversas seria a que havia imaginado sorrindo para ele? Quais os olhos que, da secreta penumbra de um quarto, o haviam olhado?

Corria a água no tanque de pedra, o tempo fluía. Ele teria podido dizer de qualquer uma: é ela. Mas não ousava. E nenhuma parecia dizer-lhe: sou eu.

Antes de escurecer já não havia mulher nenhuma na praça. Ele voltou à sua casa. Não tinha mais onde procurar.

Mas o sol passeia suas sombras pelas ruas todos os dias, marcando o tempo sem importar-se com ele. E chegou enfim uma manhã em que o homem deu um passo a mais em sua caminhada e, saindo da sombra para a luz, viu um vulto de mulher atrás da janela entreaberta. Um vulto, e logo um rosto, porque a mulher abriu os vidros e olhou para ele.

Teria estado essa mulher junto com as outras, aquele dia, no tanque da praça? O olhar dela lhe dizia: sou eu. A partir desse olhar, o homem teve certeza de que, sim, era ela. E acreditou que havia estado esse tempo todo por trás dos vidros, à sua espera.

Sorriu para ela, tocou a aba do chapéu sem abaixar a cabeça. E olhando as casas daquela rua, tão diferentes umas das outras que nem pareciam pertencer ao mesmo bairro, pensou que seria fácil voltar no dia seguinte.

Um palácio apertado

No décimo quarto dia do sexto mês daquele ano, o palácio do Rei foi destruído por um incêndio. Felizmente ninguém morreu, nenhum cavalo ou animal de estimação chegou a se queimar e até os pássaros tiveram abertas as gaiolas e voaram acima das chamas. Mas a Corte foi obrigada a se mudar para um palácio menor.

Chamá-lo "palácio" pareceu a todos um exagero, embora assim fosse designado para amenizar a situação. Um pavilhão, mais bem, insuficiente para as novas funções.

Na sala do trono, que sala não chegava a ser, ou cabia o trono propriamente dito, entalhado dourado estofado sobre o estrado instalado, ou cabia a abundante barriga do monarca. Serrou-se então uma parte do trono, pois a real barriga não se podia serrar.

Sua Majestade, a Rainha, foi autorizada a levar a coleção de leques, já que sofria de calores constantes, e leques, sobretudo fechados, ocupam pouco espaço. Em relação aos 25 cães pequineses, cada um deles seu favorito, considerou-se a distração da dona e só cinco, todos eles brancos e todos eles bem parecidos, adentraram o novo lar.

Quanto às damas, para que lhes fosse possível circular livremente sem ficarem presas em um ou outro móvel ou derrubarem um ou outro vaso de flores, foram obrigadas a trançar os longos cabelos e a cortar os longuíssimos véus de seus trajes, antes esvoaçantes. E na cozinha, ou entrava o javali ou entrava o cozinheiro, e já que o javali não iria por sua própria conta direto para o forno, nem pareceu boa ideia assar o cozinheiro, o almoço da Corte no primeiro dia passado nas novas instalações foi um pálido espaguete.

A partir daquele momento, a Corte começou a emagrecer.

O primeiro a diminuir de circunferência foi o cozinheiro. Não tão rápido, porém, porque havia muito a perder antes de ele conseguir entrar na cozinha e aproximar-se do fogão.

Enquanto isso, as damas mal e mal alimentadas adelgaçavam-se. E passaram a se achar mais bonitas ao perder parte das suas outrora abundantes curvas. Correram às costureiras e às cestas de costura para apertar os trajes, dando início a uma disputa de centímetros sem precedentes, em que cada qual queria ser a campeã do torneio. As conversas deixaram de ser sobre

os mancebos mais valorosos para se concentrarem nos gramas perdidos. E folhas de alface ocuparam seus mais fundos desejos de gula.

Os mancebos, por sua vez, disputavam as gestas sentindo a couraça dançar ao redor do corpo sem que dispusessem de costureiras para apertá-las.

Pajens, camareiras, atendentes, lacaios ficaram felizes por poderem, enfim, imitar o comportamento dos nobres.

Só o Rei, a Rainha e os cinco pequineses mantinham o antigo peso.

Porém, com toda a Corte mais magra, o novo palácio – como continuava a ser chamado – não parecia mais tão pequeno.

Ou as damas haviam aprendido a se movimentar ou o espaço sobrava. Fato é que desfizeram as tranças. E em breve, o tecido que havia sido tirado da lateral dos trajes foi transformado em véus esvoaçantes sem que vasos e flores fossem derrubados.

Breve, a Corte voltou a pensar em festejos. Se violoncelos ainda não cabiam no recinto da orquestra, havia violinos. As danças na sala restrita aproximaram pares e olhares, tornando-os mais íntimos. E havia um aconchego nas festas, um acotovelar-se nos jantares, um esbarrar-se nos corredores, um roçar-se nos jardins que tornavam a vida bem mais prazerosa do que havia sido no imenso palácio de outrora.

O Rei, entretanto, não participava dessa vida. Os dias monárquicos limitavam-se à sala do trono, assim como as monárquicas nádegas limitavam-se aos coxins do trono propriamente dito. A agenda real só continha reuniões com chefes militares e estrategistas, visitas de embaixadores estrangeiros e bajulações dos súditos.

Sua Majestade não tinha muito em que pensar. Certamente por isso, logo após o incêndio e a mudança, começou a pensar e a desejar outro palácio, outra sala do trono cheia de colunas e tapetes, outros corredores amplos como salões, outros tetos pintados tão distantes que mal daria para vê-los, outras dimensões capazes de lhe conferir grandeza majestática.

Foi quando o cozinheiro, que entendia de fogo mais do que ninguém, murmurou ao pé do ouvido de um assistente que os calores constantes da Rainha talvez tivessem sido responsáveis pelo incêndio do antigo palácio. O assistente repetiu em outro ouvido a suspeita do cozinheiro, mas omitiu aquele "talvez". Poucos dias bastaram para que não houvesse outro assunto na Corte. E mais rapidamente do que de um ouvido a outro, o assunto chegou à sala do trono.

O assunto chegou à sala do trono com a força de um touro, obrigando o Rei, os estrategistas e os chefes militares a voltarem seus olhares e cabeças para a Rainha.

Foi como se a vissem pela primeira vez.

Diante deles estava uma senhora sorridente e docemente gordinha que, conversando com outras damas

Um palácio apertado

acerca de centímetros perdidos ou ganhos, afagava no colo cinco cãezinhos brancos. Tinha um ar sereno, apaziguado. E não se abanava. Só então estrategistas e chefes militares perceberam o que havia sido óbvio para o resto da Corte: aconchegada na intimidade proporcionada pelo palácio pequeno, tranquilizada pelo desaparecimento de um cerimonial esmagador, há muito a Rainha havia abandonado seus leques e seus calores.

E o Rei seu marido achou mais prudente não voltar a despertá-los.

Uma pergunta, apenas

Aquele monarca, embora extremamente poderoso, sofria de uma ausência em sua vida tão plena de benesses.

Não de amor, pois era casado e tinha duas amantes, ambas favoritas.

A ausência à qual nos referimos o incomodava como espinho cravado. E decidido a arrancá-lo, indagou inicialmente junto a seu assistente direto, já que primeiro-ministro não havia, pois o monarca reinava absoluto. Não obtendo a resposta que buscava, foi aos poucos perguntando aos conselheiros, depois aos cortesãos e por último aos lacaios.

Afinal, conseguiu aquilo que queria. Uma camareira lhe confidenciou ao pé do ouvido que um homem sábio vivia em aldeia distante.

Não demorou mais de um minuto para a voz majestática ecoar pelos corredores do palácio mandando aprontar a carruagem real. E gritando a seu camareiro que lhe trouxesse qualquer abrigo para protegê-lo no percurso, que prometia ser demorado. Depois, ele próprio ordenou ao cocheiro rumar para aquela aldeia cujo nome havia decorado.

Foi uma longa viagem.

E todos na aldeia se surpreenderam vendo chegar carruagem tão adornada puxada por seis cavalos brancos. E mais se surpreenderam ao ver aquele senhor volumoso e algo entrado em anos saltar batendo nos trajes luxuosos para espantar a poeira. Só o sábio não se surpreendeu.

Assim que o monarca entrou em sua casa mais que modesta, o sábio lhe endereçou a palavra.

– O senhor viajou muito. Com certeza, para me fazer alguma pergunta. Deseja fazê-la agora ou depois de descansar e beber um copo de água da fonte?

– Não vim até aqui para lhe fazer pergunta alguma. Eu só tenho certezas. Vim aqui para você me fazer uma pergunta, de preferência uma que eu não saiba responder. Viajei milhas e milhas para você instilar em meu sangue uma dúvida. Porque dúvida é a única coisa que não possuo.

O sábio fechou a boca, antes aberta num sorriso gentil. E fechada a manteve.

— Por que não responde? Por que não me faz uma pergunta qualquer, conforme lhe pedi?

Passou então a pressioná-lo.

— Pago quanto você pedir, em moedas de ouro, por uma única pergunta!

Mas dinheiro ou ouro não interessavam ao sábio. E nenhuma palavra ou ameaça era a chave que abriria a sua boca.

O silêncio do homem sábio equivalia à pergunta não formulada, era um questionamento silencioso. O que o sábio estava tentando transmitir com sua mudez?

A partir daquele exato momento, o silêncio do sábio instala a dúvida no pensamento e no coração do monarca.

Que volta na carruagem adornada para seu palácio. Ao longo da longa viagem, a poeira torna a se pousar sobre os trajes luxuosos. Mas, ao chegar, o monarca agora ocupado com o ponto de interrogação que passou a habitá-lo, já não a espanta.

Arrancou o espinho, mas outra ausência se impôs, a ausência de tantas certezas.

Passam-se anos.

Até que um dia, agora a cavalo, o monarca volta à aldeia. Soube que o sábio ainda está vivo, e puxa as rédeas da sua montada diante da casa que gravou na memória.

Uma pergunta, apenas

Ao entrar, o sábio, cujos cabelos e longa barba ficaram brancos, lhe faz a mesma pergunta que havia feito tantos anos antes.

– O senhor viajou muito para me fazer uma pergunta. Deseja fazê-la agora?

E o monarca responde:

– O senhor tem razão! Viajei muito! Mas, se varei milhas e milhas, não foi para fazer-lhe uma pergunta apenas, e, sim, para fazer-lhe muitas! E quero fazê-las a partir deste instante, uma de cada vez!!!

O velho sábio entreabre os lábios num sorriso.

A água sem limites

A água daquele poço dorme assim que o Sol se põe. Menos nos dias em que recebe a visita da lua cheia. Que, ao mergulhar no poço, transforma a água em réplica de si mesma, redonda e cintilante, ocupando todo o espaço e reverberando nas pedras ao redor, como se fosse seu próprio espelho.

Dura pouco a visita. Só o tempo permitido pelo percurso celeste. Logo, enquanto a Lua rasteja pela parede do poço, vencendo palmo a palmo com lentidão de inseto, a água puxa seu negro lençol e dorme. Não acordará antes do cantar do galo. E quem a acordar corre o risco de deixá-la fosca como lama.

Eis que, numa noite de plenilúnio, um sapo que parecia dormitar na beira do poço, à chegada da Lua, pula para dentro. E vai se instalar no exato centro do reflexo, como se pousasse sobre vidro e prata. Levantando a cabeça, emite seu crocitar para ela, da mesma maneira que o galo endereçará seu canto ao Sol na manhã seguinte.

Porém, começando a Lua sua escalada, o espelho capota e o sapo é obrigado a nadar e mais nadar. Sem ter onde se refugiar ou sequer se apoiar entre as pedras tão bem acostadas, acabará se afogando.

Quase trinta dias se passam. E novamente é tempo de lua cheia. O vento varreu para dentro do poço as flores da cerejeira cujos galhos açoitou. E, quando a Lua chega, é obrigada a ondear a água com seu reflexo para forçar as flores a afundar e poder se instalar em toda a sua plenitude.

Noite seguinte, uma lagartixa desce poço abaixo e estica o pescoço para mirar-se no espelho da Lua. Mas quando a Lua entorna o espelho para começar sua lenta subida, a lagartixa está bem presa com suas quatro patinhas na parede úmida do poço e não soçobra.

Quinze dias e mais quase quinze se sucedem. O Sol está se pondo quando um jovem empunha a corda do poço e, em lugar de puxar o balde para jogar água em si mesmo e se refrescar, desce pela corda a fim de mergulhar.

Quando a Lua plena chega, surpreende o jovem ainda nadando em círculos, amplas braçadas e pés em movimento, como se estivesse em mar aberto.

A água sem limites

A Lua sabe, porque olha a Terra do alto, que não há limites para a água. Que a água pode ser contida, em copo ou bacia, mas não limitada. Que toda água é parte de outra água. Que toda água se interliga através de nascentes, águas subterrâneas, córregos, filetes, rios ou lagos, assim como a água do poço é alimentada por ocultas águas. Que toda água corre para o mar. Que água pode ser salgada ou doce e sempre será água. Pois toda água pertence ao grande conjunto das águas.

A água do poço não puxou seu negro lençol, apesar da hora. Está desperta, mas não fosca como lama. Ao contrário, mais transparente do que nunca, desliza fina feito carícia sobre a pele do jovem nadador.

E naquela noite, naquela noite somente, a Lua se retira lenta como chegou para não perturbar com seu espelho aquele que segue nadando na água sem limites.

O presente mais precioso

A caravana daquele rico mercador desenhava uma linha pontilhada, quase uma centopeia, avançando na clara areia, clara luz do deserto. Viajavam fazia muitos dias os animais carregados de fardos. Haviam acampado à noite diante de fogueiras sob o peso do céu coalhado de estrelas. Haviam enfrentado o vento protegidos pelos turbantes. Precisavam de repouso e naquela noite o teriam.

A pousada dos caravaneiros, chamada por eles *caravanserrai*, despontou ao longe, cercada de palmeiras. Junto com eles chegava, mansamente, o anoitecer.

O mercador não precisou de ajuda para descer do camelo, embora um serviçal se aproximasse. Era homem jovem. Deu algumas ordens que puseram seus homens em movimento e fizeram os camelos dobrar as patas. Depois, com passo ainda navegante, adentrou o pátio.

As lanternas já haviam sido acesas ao redor da fonte central, sua luz dançava entre sombras debaixo das arcadas. O homem foi recebido com chá de hortelã e conduzido ao quarto.

Deixemos que ele se banhe, tirando da pele todo grão de areia. Deixemos que repouse sobre o frescor do lençol. Deixemos que jante.

Traz ainda na boca o gosto das tâmaras fundido com o paladar do vinho, ao tempo em que pisa lento nos caminhos do jardim. Nada se move no ar estagnado, nenhuma folha estremece, como se tudo fosse escultura pintada. O homem sabe, porém, que as aranhas tecem suas teias, que as minhocas escavam, que asas diminutas voejam. Tudo está parado e tudo vive, pensa ele. No preciso momento em que formula o pensamento, vê a roseira à sua frente.

Não é alta, não tem muitos ramos, não se expande em brotação. Ao redor da raiz, foi escavado um sulco para livrá-la de formigas, e ela se escora subindo pelo muro como se em busca de proteção. Uma única rosa alteia suas pétalas. Branca.

E eis que aquela rosa branca, rosa do deserto, parece ao rico mercador muito mais preciosa que todos os presentes que comprou em terras distantes para levar à esposa. Pagará por ela o que lhe cobrarem, mas o desejo de tê-la é insopitável. Estende a mão em sua direção. E, súbito, a retira como se mordido por serpente. Picou o dedo num espinho.

Só uma gota de sangue brilha sobre a pele, que ele nem sequer enxuga. Volta a estender a mão e, desta vez, antes mesmo que a toque, a rosa branca se tinge de púrpura, se faz cor do seu sangue.

Mais preciosa ainda lhe parece. E a colhe.

Dorme com ela à cabeceira, o perfume chegando ao sonho, o cabo mergulhado em água. De manhã, ao acordar, percebe que voltou à cor original. E a manterá protegida durante todo o dia, envolta em lenços molhados, até chegar à sua cidade e à sua casa.

Está diante do portão, quando uma ideia de puro amor o alcança. Oferecer a rosa à esposa como se lhe entregasse o coração. Abre o manto, desfaz os laços que retêm a camisa e coloca a rosa do lado esquerdo do peito. Usa os laços para mantê-la no lugar.

O homem entra, a esposa corre a recebê-lo. Mas, quando o homem começa a desatar os laços para abrir a camisa, sente algo se mover; um estremecimento, um palpitar, um vibrar de panos e penas. O mercador apalpa o peito, a rosa não está mais junto à pele. Em vez dela, uma pomba abre voo. E é branca.

À beira do penhasco

Três vezes ao dia – ao amanhecer, à hora do almoço e antes de o Sol se pôr – aquele homem ia até a beira do penhasco e, acocorado, abraçando os magros joelhos, falava longamente para o vazio.

Três vezes durante a noite – depois que o Sol se punha, no meio da madrugada e antes do cantar do galo – voltava à beira do abismo para recolher em uma rede o eco das suas palavras que chegava ricocheteando entre rocha e distância.

Era um homem muito só.

No restante do tempo se ocupava duplamente. Por um lado, refletia sobre o que dizer no dia seguinte. Pelo outro, aprendia com as frases que lhe chegavam.

Quanta diferença entre as duas falas!

As palavras que ele havia dito, ordenadas, ressonantes entre garganta e paladar, palavras que seu pensamento havia tão bem organizado, voltavam a ele fragmentadas, entremeadas por penas de aves, amaciadas pelo contato com musgos, trabalhadas por interferência de chuva e nuvens, modificadas!

Sobre essas palavras ele se debruçava não como se se inclinasse sobre um espelho, mas como se olhasse sua imagem confundida entre as algas de um lago.

Até que uma noite, passado muito tempo nessa dupla tarefa, entre tantas palavras que, embora com esforço conseguia reconhecer, uma lhe chegou que não havia pronunciado, que, definitivamente, não era sua!

Como um ovo vermelho em meio a tantos ovos brancos, luzia a palavra "desgarrada".

A princípio, não soube o que fazer com ela. As suas recompunha e colocava na ordem original. Mas esta parecia não se encaixar em lugar algum.

Aos poucos, entretanto, a palavra ganhou espaço no seu entendimento.

– Ninguém joga uma palavra apenas abismo abaixo – pensou ele. – E palavras não caem feito folhas. Palavras são entregues propositadamente e na maioria das vezes compõem um discurso, um diálogo.

A palavra que não lhe pertencia tornou-se para ele uma revelação.

A partir dessa presença inesperada em sua rede, o homem ia à noite fazer sua colheita como sempre havia feito. Mas, ao contrário do que sempre havia feito, já não se interessava pelo eco da sua própria voz. Agora recolhia os sons apenas para procurar algum que não tivesse sido emitido por ele.

Não percebeu, portanto, quando parte das palavras dele começou a faltar.

Só percebeu, bem mais tarde, quando tantas faltavam!

– Há alguém do outro lado – pensou ele –, e esse alguém faz o mesmo que eu faço. Recolhe minhas palavras e delas se alimenta.

A partir desse pensamento, o homem passou a buscar alguma vírgula que identificasse essa pessoa desconhecida. E se alegrou de que sua fala servisse para alimentar o pensamento de outro ser vivo.

Em algum momento, julgou encontrar palavras mais costumeiras da fala feminina. Entretanto, não estando seguro, preferiu não se iludir. E continuou a falar com alguém sem rosto e sem corpo que podia pertencer a qualquer gênero.

A distância é imensa entre as duas beiras do *canyon*. Em dias mais claros, quando o azul reverbera, conseguia vislumbrar apenas uma pequeníssima silhueta, ora banhada em luz, ora recortada contra o mesmo sol que horas antes a havia iluminado.

À beira do penhasco

Mas, tendo descoberto que um outro alguém lá longe o escuta, o homem começa a falar para a pessoa cujo semblante não pode ver e a dirigir-se diretamente a ela. Desconhece seus gostos, mas intui que são semelhantes aos dele, caso contrário, não estaria do outro lado recolhendo suas palavras.

Aos poucos, o homem começa a lapidar com mais atenção suas palavras para formar com elas um raciocínio fácil de acompanhar. E passa a ler, para oferecer outros temas a quem o escuta. Um passo depois do outro, o homem se faz melhor do que havia sido até então.

Três vezes ao dia, como sempre, vai até o bordo do penhasco. E, de pé, braços abertos, fala para o vazio, agora povoado por outra presença.

Três vezes, à noite, recolhe as palavras que este alguém, invisível, lhe manda.

O homem não está mais sozinho.

Sereno mundo azul

Lento ou apenas preguiçoso, um rio de poucas águas escorre no leito, reverenciado pela copa de um chorão. E debaixo da ponte em arco, que um monge atravessa protegido por um guarda-chuva de papel, uma carpa dorme embalada pela sombra, sem perceber a ameaça da garça que aflora entre juncos e que talvez tenha fome. Ao longe, duas velhas que a distância faz parecer pequenas caminham em direção a um pagode de muitos telhados.

Tudo é sereno nesse mundo azul onde, junto ao chorão, uma dama de quimono lê o poema que o amado lhe enviou atado com uma fita e uma flor de glicínia. Tudo parece inalterável.

Mas, como o rio, o tempo também escorre, trazendo o inesperado. E eis que, de repente, a serenidade que parecia tão segura estremece por inteiro. Um som, uma pancada, e ponte, monge, carpa, chorão, garça, velhas, pagode, dama são abalados, capotam e giram, giram despencando em abismo até se despedaçarem sobre o mármore.

O prato de porcelana caiu. Teria voejado o poema se apenas estivesse escrito em papel. Agora, cacos jazem espalhados pelo chão. Em um deles, mínima mancha, a flor de glicínia.

Mas outros olhos além dos nossos viram a tragédia acontecer. Uma exclamação – ou fundo suspiro – acompanhou a queda. E logo, alguém se abaixa, duas mãos finas se estendem para recolher e reconhecer os cacos.

Um a um, são postos sobre uma superfície lisa, talvez tampo de mesa. Não são tantos quanto a altura da queda faria supor. É fácil reconhecer o espaço a que pertencem. E aos poucos, as mãos delicadas – certamente as mesmas que, num descuido, deixaram o prato cair – encostam um a um os fragmentos, recompondo o antigo desenho. O rio volta a deslizar. A garça perdeu a fome, mas mantém a cabeça erguida – juncos ocultam a pata machucada. O monge foi protegido pelo guarda-chuva. As duas velhas continuam andando no antigo rumo, embora separadas do pavilhão pela queda. E a dama está inteira, o quimono composto, o penteado impecável, o poema ainda adoçando-lhe o olhar.

Um pouco de cola é passada nas beiras com um pincel, só o quanto baste para unir sem escorrer. Com precisão, os dedos aproximam os cacos respeitando a inclinação da louça, cuidando de casar linha com linha, azul com azul, para que não se note o desastre. E ali os mantêm, firmes, até que a emenda esteja consolidada.

Devagar como uma imagem que recua, o prato readquire sua antiga beleza. A vida que nele se vivia, embora parada, recomeça. As personagens retomam suas antigas tarefas.

Mas a serenidade já não parece inalterável. Entre azul e azul, um risco mais fino que um fio de cabelo trai a presença da fenda. E através de uma fenda qualquer perigo pode se infiltrar.

Como uma personagem invisível, a vigilância habita agora o prato de louça. O futuro entrou em risco. As velhas temem jamais alcançar aquele mesmo pagode que antes parecia meta tão segura. O rio escorre ainda mais lento para não abandonar a ponte, em cuja sombra a carpa acordada está agora consciente da presença da garça. A dama continua lendo o poema, que a nova possibilidade de ser em algum momento esquecida pelo amado torna ainda mais tocante ao seu coração. Só a flor de glicínia, que sempre soube estar destinada à vida breve, emana, como antes, seu perfume.

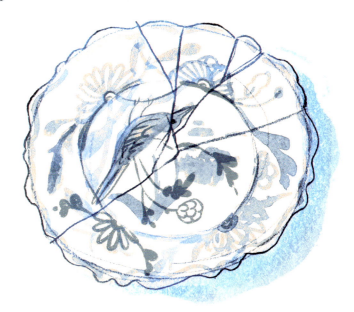

E a noz se abriu

"Hora de comer", comunicou-lhe a luz do Sol incidindo a prumo sobre as folhas. Cravou o machado num toco, abriu e fechou as mãos mais de uma vez, liberando-as da força que havia exigido. Depois sentou-se, alcançando no bornal sua refeição: um pedaço generoso de pão, um bom naco de queijo, duas maçãs. Mastigou lentamente, sem atender à pressa imposta pela fome. Era seu tempo de descanso.

Comeu as maçãs sem tirar a casca. E aproximava a faca do chão para enterrar os miolos, dando às sementes possibilidade de germinar, quando viu a noz caída entre as folhas secas.

Olhou para cima. Sim, havia-se sentado debaixo de uma nogueira. "Árvore nobre", pensou, conhecedor dos nós escuros e dos veios preciosos que a cortiça ocultava. "Árvore leopardo", pensou ainda, comparando com as do animal as manchas do lenho, como se as visse. E estendeu a mão.

Desde menino, acompanhando o pai no bosque, havia-se preparado para ser lenhador. Agora, no meio do caminho da vida, conhecia tudo do ofício e o bosque havia-se tornado para ele refúgio mais íntimo que a própria casa.

Vivia na aldeia, como todos os seus. Mas passava largas temporadas entre os troncos para não ter que enfrentar, a cada dia, a longa distância que separava casa e bosque.

Alongou a mão e catou a noz. Ainda estava fresca, coberta pela espessa pele verde que, ferida pelas unhas, lhe deixaria os dedos manchados de escuro por um bom tempo. Descascou-a assim mesmo.

Sabia que, se a quebrasse com uma pedra, amassaria o miolo despertando seu sabor amargo de fruta nova. Então tomou a faca, colocou a ponta na emenda das duas metades, forçou e, crac!, a noz se abriu.

Com espanto, o lenhador viu lá dentro um castelo de altas torres cintado por muralhas e rodeado por um fosso. A ponte levadiça estava erguida.

– Que castelo era aquele? – perguntou-se curioso. E com cuidado, metendo as pernas primeiro, entrou na noz.

O capim era alto na beira do fosso. A água dormia no fundo, escura e parada, apenas aflorada por insetos. O lenhador caminhou em direção ao alto portão. Do topo das muralhas, vigias o observavam. Viu a ponte baixar lentamente, ouviu o gemer das cordas. E, sem que ordens ecoassem, o portão foi aberto.

Decidido, como se agora soubesse o que devia fazer, o lenhador aproximou-se, atravessou a ponte, ergueu a cabeça alongando-se em toda a sua altura e passou pelo portão.

No pátio do castelo, uma formação de arqueiros em repouso parecia esperar por ele. Lanceiros enfileirados de um lado, guerreiros de mão pousada na espada do outro. Cavaleiros. Todos bateram o punho nos escudos saudando a sua chegada.

À frente dos homens, no centro do pátio, havia um cavalo ajaezado. Um pajem o ajudou a vestir a couraça, prendeu as tiras de couro, deu-lhe calço para montar. Depois estendeu-lhe o elmo.

Sabia que o esperavam para comandar a tropa na batalha.

Esporeou o cavalo. Os passos de tantas botas ecoaram sobre a ponte fundindo-se ao som das ferraduras.

Guerreou atendendo o chamado do seu sangue. Abateu homens como havia abatido árvores, as mãos empunhando a espada acima da cabeça como haviam empunhado o machado, com idêntica força. A seiva jorrava púrpura, lavando as manchas escuras dos seus dedos.

Era a primeira batalha de uma guerra.

Houve outras depois, até que a guerra fosse vencida e as pisadas do regresso ecoassem sobre a ponte.

Como no primeiro dia, o pajem o esperava no pátio. Ajudou-o a tirar a couraça, recebeu elmo e espada. Em seguida o conduziu através de corredores até a grande tina de madeira para que lavasse em água quente a sujeira da guerra.

À noite, o lenhador comeu javali assado no banquete da vitória, bebeu vinho em taça de ouro. Ao longo da mesa, seus companheiros de batalha contavam proezas em voz alta e gargalhavam embriagados. Toras ardiam na enorme lareira tingindo de vermelho as mulheres e crianças sentadas à extrema ponta da mesa.

Acabada a carne, foi trazida a cesta de frutas. O lenhador estendeu a mão. Quase escondida entre maçãs e uvas viu uma noz. Colheu-a entre os dedos. Não era fresca, o tempo das nozes frescas havia passado. Ainda assim quis poupar o miolo. Tirou o punhal da cintura, encostou a ponta na emenda das duas metades, forçou e, crac!, a noz se abriu.

Sem surpresa, o lenhador viu lá dentro seu bosque, os troncos escuros, a copa das árvores farfalhantes. Pensou que, quando chegasse o amanhecer, os lagartos sairiam de seus esconderijos para buscar o calor nas manchas de sol. Ao longe já se anunciava a claridade.

Então, com cuidado, pernas primeiro, entrou na noz.

Tomou o machado que havia ficado cravado no toco, abriu e fechou as mãos sobre o cabo em reconhecimento, apoiou o machado no ombro. E começou a caminhar. Se apressasse o passo, chegaria em casa antes do anoitecer.

Sobre a ilustradora

Arquivo pessoal

Elizabeth Builes é uma artista plástica colombiana formada pela Universidade Nacional da Colômbia. Venceu o Prêmio Tragaluz de ilustração no ano de 2013, e, com este, ilustrou o livro *Johnny y el mar*, lançado pela mesma casa editorial do prêmio. Desde então, tem publicado em diversas editoras colombianas, como Cataplum, Alfaguara, Norma, SM, e também fora de seu país, como nas editoras El naranjo, do México, e Kalandraka, da Espanha.

Em 2018, foi selecionada para integrar o catálogo do concurso The Golden Pinwheel, da Feira do Livro de Xangai, e, em 2022, foi pré-selecionada para o Prêmio Internacional de Ilustração Feira de Bolonha.

Atuou também em programas de divulgação da Ciência, tanto em ilustrações científicas como naturalistas. Além disso, trabalhou para a transmídia de territórios do informe final da Comissão da Verdade e colaborou em um livro de testemunhos do conflito armado colombiano, em conjunto com a Comissão de Esclarecimento da Verdade e a Tragaluz Editores.

Sobre a autora

Daryan Dornelles

Marina Colasanti nasceu em Asmara, na Eritreia, viveu em Trípoli, percorreu a Itália em constantes mudanças e transferiu-se com a família para o Brasil. Viajar foi, desde o início, sua maneira de viver. Por essa razão, aprendeu a ver o mundo com o duplo olhar de quem pertence e ao mesmo tempo é alheio.

A pluralidade de sua vida transmitiu-se à obra. Pintora e gravurista de formação, é também ilustradora de vários de seus livros. Foi publicitária, apresentadora de televisão e traduziu obras fundamentais da literatura. Jornalista e poeta, publicou livros de comportamento e de crônicas. Sua produção para crianças, jovens e adultos é extensa, recebendo numerosas premiações, entre elas o Prêmio Machado de Assis – o mais antigo e importante do país – pelo conjunto da obra, em 2023.